他山石

刘 剑 著

作家出版社

目 录

第三辑
纽英伦的雪

第四辑
欧罗巴意象

第五辑

俄罗斯诗抄

第六辑

亚尼的死者之书

鲜花火焰，寒流烧酒

——读刘剑诗集《他山石》

彭　敏

为一个陌生的诗人写序，既是种挑战，也充满了别样的乐趣。我们阅读熟人的作品，难免会将诗和人比照起来，从诗中去体味人的种种风味，寻绎人的种种印痕。而读一个陌生诗人的作品，则没有"活生生的人"可供参详，直接面对就是那些热气腾腾的文本。

刘剑其名其诗，于我都属初见。翻开那些或密不透风或疏可走马的篇什，仿佛被领至一扇雕窗前，放眼望去，无边风月一时入怀，整个身心都被这新鲜的风景鼓荡起来。

在当下的诗坛，学院派把修辞操弄得炉火纯青，在语言里翻出五花八门的筋斗。而来自江湖草野的诗人则挖掘日常生活的酸甜苦辣，以寻常之笔写寻常之情。比较起来，刘剑的文本性格，似乎游离于当下盛行的诸多写作范式，更多呈现出上世纪八九十年代诗歌的艺术况味。那是一个浪漫激昂的年代，自由不安的灵魂沸腾在每一个看似平静的普通躯体里，诗歌写作则拥有高度象征化的意象体系和神性情感。这些艺术风格，比较鲜明地体现在"赋予鲜花火焰的色彩"这一辑诗歌里——光看这一句，都能隔空感受到它背后熊熊燃烧的艺术野心。鲜花和火焰都是世间最璀璨浓烈的意象，把二者并置在一起，无疑折射出诗人有颗灼热的灵魂，而文字就是他手中锋芒凛冽的利器，用来抓取茫茫天地间美好的一切。而在这个过程中，方向并不总能那么明朗，道路也永远是曲折，重重障碍会如猛虎从斜刺里扑来。

"自由"是刘剑诗中出现较为频繁的一个词，诗集的开篇之作《苍山之远》就没有按捺住言说自由的冲动。其实，自由并不如我们寻常想象的那样洒脱、超然，它往往意味着某种程度的代价和妥协。在上下求索的征途，诗人"在一阵寒流中想到如何面对自由"，这是对生命中某些必然性的精妙隐喻，在充分享用自由的狂欢特质之外，这阵恰到好处的寒流实际上让诗人开始反思自由的限度了。生命之河永远不会缺少寒流，寻常人等耽于逸乐，对种种样态的寒流敬而远之，缺少欣赏，只有骨骼清奇灵魂特异的诗人，"腹藏丘壑"，才乐意"把命运托付给激流"，并且"沉醉于御寒的烧酒"。寒流，指涉了我们生命中那些包藏棱角与刺戳的部分，人们用"逆境使人成长奋进"的论调来发掘其中的伦理意义，却鲜少有人能洞察其中的审美价值。"烧酒"是我相当喜欢的意象，让人联想到如山的汉子、沉默的酒窖。一种不加羁縻的血性和韧性跃然纸上。寻常人龙行虎步，星夜兼程，总有一个高度功利化、目标化的远方。而诗人似乎并不执着于前行的目的，反倒"过于迷恋身边一道道风景"，像这样把旅途审美化，无疑"永远攀登不到峰顶"，也八成无缘于彼岸。但这又有什么关系呢？如果泅渡本身就已经实现了主体的价值，彼岸也不过就是个可有可无的方向罢了。无论从题材的代表性还是修辞的典型性来讲，《苍山之远》都称得上刘剑的扛鼎之作，他诗歌中最重要最亮眼的特质，都在其中得到了显著的呈现。那种充满了搏击、对抗与交锋的复杂情绪，面对命运管控却始终昂首伸眉的气概，通过橡树、金属、大海、芦苇、松柏、红杉这些意象持续地喷涌。堪称血气之诗，也是情怀与力量之诗。

从文本架构和表述策略上讲，类似于《苍山之远》的诗，在这本诗集里还有很多，它们都拥有一个高度象征的框架，而与日常生活相对绝缘。所有的表达和抒发都在那个纯粹的框架里进行，所以能够把作者所希求的那种力度与深度发挥到极致。而与这类文本形成鲜明比照的，则是《香港迪士尼乐园》《我欠春天里的一个春天》《理发店里的时事政治》这类更接地气、更贴近日常生活的作品。迪士尼、儿子、理发店都是附着了嘈杂的社会气息与世俗人伦风情的事项，对它们的言说让诗人的表达姿态松弛下来，形成了另一副散淡笔墨，也让读者从紧张致密的阅读体验中舒一口气，如同得到一张花纹疏松的藤椅，坐下来听诗人娓娓道来。在这些诗里，诗人不再致力于构造冲突，而采用更加淡然的视角，去思考一些无关乎"大义"的问题。乍一看，这些诗的艺术个性可能没有《苍山之远》们突出，但正是它们的存在，调和了在单一方向上用力过猛的危险，让诗人拥有了丰富的审美向度和情怀。诗人的血肉趋于丰满，形象变得立体。毕竟，一个总在战斗在反抗的人，那样一直绷紧的姿态，很容易流入实用主义的陷阱，而诗歌中的战斗与反抗，从来不该被这样实用化、功用化。

喜欢在诗中书写地域风情，是刘剑诗歌又一个显著特质。"君诗妙处吾能识，正在山程水驿中。"诚如陆游所言，中国古代诗人的很多名篇佳作都是在山水征途中诞生的。对某些名山大川和名城的书写，构成了古典诗词中最为灿烂的部分。因为交通的便利和经济的从容，今人的足迹所至，当然早已远胜古人。但考之中国当代诗歌，以游历所至的地域为书写对象的诗，比例却大大低于古人。或许，今天的交通实在是太便利了，结果我们去的地方虽多，却没有几个真正停留（用古人的话说叫"盘桓"，多么生动的一个词！），对每个地方的感知和印象，也便只在浮光掠影之间了。

刘剑的游历之诗，博及中外，驰骋寰宇。他善于把最具文化代表性和历史纵深感的符号抽取出来，加以渲染。又不停留在风景和人文本身，而是从其间跳脱出来，糅入诗人的身世情感。让诗人的精神地理和灵魂纹路与山水宫室、城市林园相与周旋互动，摩擦出火花。永定河、布达拉宫、京西古道、海德公园、佛罗伦萨、威尼斯、瓦尔登湖、列克星敦小镇……这些人类文明演进过程中符号意味浓烈的地域，都在诗人视野宏阔角度独异的思考中，焕发出别样的生机。诗人对国民性的审视，对东西方文化差异与冲突的考察，对秩序世界中的规训与臣服、永恒与寂灭、对抗与游离的观照，都与特定地域的历史印记和精神纹理紧密交缠在一起，既是带读者遨游天地，也催促我们摇荡情性，研精覃思。

这里面也不乏经典之作，如《普利茅斯岩》《波托马克河畔》《威尼斯城》《维也纳森林》《佛罗伦萨的落日》《在贝加尔湖畔》《十二月党人广场上的遐思》等，都给本人留下了深刻的印象。

"在覆盖着冰雪的荒野，拾起几粒草籽，用手指捻除凝固在上面的苍凉，并奋力吹去天空的孤寂"。（十二月党人广场上的遐思诗句。）

他山之石，可以攻玉。诗集取名《他山石》，我不知道寓意是诗人自己在上下求索他山之石来攻玉，抑或想以这本诗集作为他山之石来供读者攻玉之用。无论是何种寓意，这本并不"雄厚"的小集子，都在探索诗歌艺术的许多方面做出了自己的尝试。作为一个长年以读诗为业的文学编辑，这些探索让我深感欣慰与喜悦。

第一辑

赋予鲜花火焰的色彩

谁点燃闪电

谁将如云翳般长久漂泊

苍山之远

忆二〇一二年七月的一天登苍山
登苍山的途中向山顶望了一眼
却被山顶射下来的一道光芒灼了一下
眼睛　峰巅紫雾载雪
经夏不消的雪光静静挥霍着世界的洁白

第一次来的心情你得理解
恨不得将这里的每一片树叶每一声鸟啼都收藏下来

衡量时间的沙漏遗漏的沙子比攀登者
的脚步少
而剩下来的山路像我绷紧的神经和剩余的疲倦

要登苍山的人必须先到洱海洗礼一遍
哪怕不下水　那雨后天际折射出的彩虹
也足以将我们的心灵湿透

云彩里兑水多了就会淡如轻烟

他
山
石

名曰"玉带云"
假如注入厚重的感情　就会浓若泼墨
那就叫作"望夫云"

过于迷恋身边一道道风景的人
是永远攀登不到峰顶的
寺院的晚钟响起
我宁愿相信　它的声音比黄昏后苍山的第一滴雨声
坚硬

在一阵寒流中想到
如何面对自由

在一阵寒流中　需要仰视的是滚滚的
白云　需要俯视的是浩浩的江河
面对肃穆的教堂或寺院
需要虔诚的聆听和祈祷

沉醉于御寒的烧酒
只有垂下沉重的眼睑
腹藏丘壑的人只有把命运托付给激流
暴君的权杖白寒流的高空倾泻
弱者的泪水似澎湃的汪洋

此刻　我得点燃热血和大地上的植物
用橡树表示祖国的胜利
用金属和大海表示人民不会一直
沉沦下去

天空昏暗　土地动荡不安
而土地与土地间总有生命力旺盛的青草

他
山
石

和巍峨雄壮的山峰在连接它们
如蚯蚓的脉络

即使有江河大川
鸟儿的翅膀比天空更高远
芦苇可以倒下
而松柏和红杉不能倒下
人可以死去　而心和血却像榴火一样通红

2017 年元月 17 日

我在攀登着自由而又虚空的旋梯

唯有诗歌能够让我在这部自由而又虚空的旋梯上
立稳脚跟
没有诗歌　我以什么来反抗四周的荆棘
乌云滚滚　浊浪滚滚　山洪咆哮着

旋梯震荡　颠簸让人魂悸魄动
我必须蜷缩起自己的针叶
即使用鲜花来抵御四周的黑暗和震荡
那几乎也不可能　除非你赋予鲜花火焰的
色彩

即使是火焰　它能够照耀的也无非是你
眼前极其狭小的天地
我将自己如戟如矛的锋芒深藏于令人
困倦的宁静之中

在昏暗的悬崖间窒息的鹰
不见得比峭壁间困顿的山羊更自由

他
山
石

鱼儿对快乐的渴望也不见得比跌落水面的鸟儿更幸福

人类的自由来源于人类自身的拯救
没有神仙皇帝　也没有神灵的保佑
人类没有翅膀　我们到哪里去寻找天使的翅膀
爱神能够赐予的只有丘比特之箭

据说上帝也从来没有造就过自由之神
如果真要寻找自由之神
那就乘上国产的高度密封的高铁抵达
雅典娜的故乡
那里有蔚蓝色的爱琴海和瓦蓝瓦蓝的
天空　更有月亮女神　处女之神

还有火种之神普罗米修斯　诗神缪斯
我在攀登着一部自由而又虚空的旋梯
狂风暴雨雷霆闪电不能让我停歇
有时却会踯躅于夜晚月光的冷峭

并将它裹入冰冷的身体

是谁颠倒了我们的世界
是谁像秋风卷走落叶一样卷空了我们的钱币
在春天之上　在麦苗之上　在多变的云朵
与河流之上
我总会遇到一部自由而又虚空的旋梯

这既是一种生存方式　也是一种旅行方式
不停地攀登　停止与逗留总会难免
但切记不可转身
哪怕身后有月桂之树的召唤

转身即意味着死亡
尽管死亡每时每刻都在发生
当激流顺着旋梯的扶手倾泻而下
我们举过头顶的双手终会改变形状
变得像花环　像火炬　像纪念碑

他山石

这不可名状　宛若日月星辰
宛若滚过我们头上的阵阵雷鸣

2017 年元月 12 日

春 雪

已立春半个多月了
我却没有看到一丝春天的影子
雨水也过去了　我却看到北京午后的
一场大雪纷至沓来

它们从阿尔泰山　从阴山　从燕山
翻山越岭而来
从二十四节气的狭缝间飘忽而来
比隆冬时节的那场雪更强劲　更寒气逼人
比宗教更深入人心
我甚至还没有把对冬天的祈祷词读完

雨水节气空气的浮力足够强大
但它也无法阻止这场雪的抵达
城市已沉睡在我的脚下
风中的朋友踏雪而来　暮色被雪花照亮

都是些我在梦中想象的最美好最纯粹

他
山
石

的人
我们相互欣赏　不惧雪的锋芒击碎雪白
的梦境
不惧夜晚的寂静打破杯子的撞击声
不惧窖藏的美酒让思想和诗歌迸射出
雪花一样的光芒
望着一朵雪旋转的曲线久久地停留在
空中
我失去的只是一片浅浅的冬天
我得到的却是整个春天的浩荡

2017 年 2 月 21 日夜

香港迪士尼乐园

进入香港迪士尼乐园

我看到的不只是美国小镇大街

不只是幻想世界明月世界海盗世界

不只是玩具总动员快乐大本营灰熊山谷

这一切均产自唐老鸭米老鼠的变种

香港大屿岛　我不知道它原来是什么样子

但至少比现在真实而纯粹

在这里　唯有天空和风还是从前的

这与眼前的风景无关

睡公主城堡上空烟花

是一整天最为璀璨的部分

但我宁愿相信那是唐老鸭在附近海面划出的一

　　道道弧线

宁愿相信那是米老鼠在白天嚼碎的爆米花

在孩子们的眼里

那是无数只鸽子在天空中撕碎的彩虹
他们伸开小手
想接住那偶尔散落的花瓣　哪怕是碎屑

对于我这个有些沧桑的老男人
此时我感到我的思维尚不如孩子们清澈　深邃
想到这　我终于释然了
不再纠结拘泥于一九九七年之前或者
一九九七年之后的事情

2017 年元月 23 日夜

华清池偶遇

在人头攒动的华清池贵妃一号汤的池边
偶遇了你
你依然还是那么年轻美丽
微胖　脸上少许隐约的雀斑
似一颗颗摇摇欲坠的灰珍珠
显得那么娇嫩
长长的睫毛下一双湖蓝色的眼睛
仿佛能长出春天的嫩芽

太可惜了　长安不可独占　骊山不可独占
华清池不可独占　那一棵陪在你身后的
光怪陆离的歪脖子老树不可独占
一只蓝蝴蝶　羽翼上沾满大黄蜂的毒液
独舞于这个颠三倒四的世界

寻人启事：某女，年龄，二十四五岁
微胖，脸上少许隐约的雀斑
长长的睫毛下长着一双湖蓝色的眼睛

他
山
石

在西安骊山华清池贵妃一号汤偶遇　又走失
有见到者请来电或来函告知
长安市兴庆宫甘露殿高力士转李老三收

我欠春天里的一个春天

扪心自问　自我降生人间以来
春天从未亏欠过我什么
倒是我年年都欠春天里的一个春天
我欠春天里的河流　我欠春天里的蓝天
我欠春天里的所有盛开的花朵

儿子经历了十一个春天了
在儿子第十一个春天的周末
他缠着我陪他去踏青
去看郊外的桃花　杏花　李花开放了没有
去看忙碌的小蜜蜂如何在花丛中传授花粉

儿子记忆中的春天　无非是
"春无踪迹谁知，除非问取黄鹂。"
我要告诉儿子的是　油菜花集体舞蹈于
蝴蝶丛中　那是春天
翠绿的树叶集体飞向鸟群　那是春天
我尘封已久的身体缓缓打开的一条河流

他
山
石

那是春天
我带着儿子在野外被灿烂的阳光追逐
那是春天
我欠儿子的永远比儿子欠我的丰富
那是春天

老了以后

老了以后　我想与你一起返乡

用在城市里打工的积蓄购置一片蓝天

你做白云我做草地　放牧一群牛羊

你耗尽我身体内的闪电

我耗尽你身体内的小溪

终了　我埋于草地下的泥土

你将白云化作雨水　继续滋养我

2017 年 5 月 24 日

病 中

在病中　我不想工作中的事
不想生活中的事　更不想夫妻间的事
我想病房里的灯光
想这微弱的灯光还能照射多久
想落日和峡谷
想落日和峡谷之间的关系
想鱼缸里的金鱼
看着它们慢腾腾的样子　我想肯定是
缺氧了
想窗台上的绿植萎靡不振的样子
它已经三个礼拜没人浇水了
窗户被风吹得扑棱　扑棱地作响
我想窗外的大风　我想人在病中是那样的脆弱
　　而无助
像大风中的一张纸片
稍有松懈即被吹得无影无踪
我想　谁是攥住我生命纸片的人
在大风中　你可千万要攥紧

2017 年 5 月 27 日

理发店里的时事政治

在小小的理发店　替我理发的小师傅
告诉我　"朴槿惠已经遭弹劾。"
在这个信息爆炸的时代
我们不能只关心房价　食品安全和雾霾

还有一些时事我们必须要关心
比如朝核问题　比如萨德入韩
再比如抵制乐天与韩货
我觉得更应该抵制那些极端民族主义的蠢货

整个世界都在屏住呼吸
等待着特朗普兑现他在竞选时的诺言
街道与国境线已变得模糊
美墨边界的高墙仍未见踪影
水泥像 K 粉尚在吸毒者醉死梦生的幻觉里
铁质的栅栏已锈迹斑斑

有多少在互联网经济中渴望一夜暴富

他
山
石

的人
他们的"新概念"又被多少饥肠辘辘的人
琢磨得像一张新鲜出炉的匹萨

"两会"刚刚结束　关键词除了"供给侧"
结构性改革　还有更重要的俩字"创新"
创新从"开发区"到"自贸区"　从"自贸区"
到"理发店"

一条创新的海报已贴到了小小的理发店
小师傅收割了我数以十万计的头发
又拿出了刚刚"创新"的焗油膏
在我局部变白的头上涂上黏黏的一层
夜色
他顷刻之间颠覆了我头上的白天和黑夜
并未表现出丝毫的歉意

2017 年 3 月 18 日

在京郊 我看到一群羊儿

初春的草芽刚刚萌发

在京郊 我看到一群羊儿沿着阳光折射

出的蓝色的路径行走

湛蓝湛蓝的天空 羊儿的路径与人类的

路径有着明显的不同

牧羊人不时地甩出一串串清脆的鞭声

羊儿们已不知畏惧

它们把它当作能够找到丰沛草地的乐声

哪怕是一根折断的树枝

我在中途停车

我已忘记远方还有更加优美的风景

一群羊儿在我的凝视下已渐渐远离

此时 有一股强劲的春风鹊起

我似乎看到那群远去的羊儿

正变成蓝天下飘飞的阵阵白云

春 夜

——写给刚刚去世的俄罗斯 诗人叶甫图申科

风吹落了夕阳

为我在天空留下的只有星辰了

斜月留下最后一瞥也匆匆离开

孟春的暖气在泥土里滋生

虫声新透替钟声鸣叫了一夜

但它再也唤不醒叶甫图申科

冬天被俄罗斯的严寒冻死的灵魂

重新打开了复苏的窗纱

叶甫图申科告诉我们

不要在死亡到来之前死去

个性像孩子们明澈的眼睛

像刚刚解冻的湖水

今夜　我还想问候一下天下的诗人

你们在世界和平的梦境里睡得可好

叶甫图申科手中的灯烛刚刚熄灭

正像他刚刚合上的一本诗集

其实他是刚刚叠好自己洁白的床单

天还未亮就出发了

"我不善于道别，对于我爱过的人。"

2017 年 4 月 5 日夜

沙　漏

谁的沙漏让时光变得如此疼痛

是上帝的沙漏　也是儿子的沙漏

儿子每月都以一厘米的速度增加着

沙漏的重量

相信你的眼睛　时间的月光

可否将今夜的火焰熄灭

仿佛酷夏难以翻越的栅栏

辽阔的天空还没有种上一片青草

那里只有珊瑚和琥珀的颜色

而夜星是我见过的唯一闪烁的玫瑰

我将故乡种在上面

施些光照和记忆的肥料

谁点燃闪电谁将如云般长久漂泊

在流水和白昼的针线尚未缝合宇宙

之前

我还不会轻易放弃自己

2017 年 6 月 17 日

悔　意

心境无法用语言描述
月光大过静夜　静夜大过睡眠
所有的悔意都将在日出之前
磨出一手老茧

暴雨模式

暴雨来临　树叶像伞一样打开

花儿落了一地

汽车抛锚　主人被淹死在街心

我活着　伫立在桥洞

握住暴雨的余晖

制定预案的人　灵魂被乌云遮住

眼睛陷入黑暗的笼罩

星星和沙不同　岁月与河流不同

在一顶过往的皇冠上

那发亮的额头早已作古

皇陵被盗墓者揉碎并丢弃

如燃烧过的灰烬

而青铜的器皿像鸽子一样复苏

生命的闪电击中了要逃往故乡的人

第二辑

一头牦牛走上了拉萨的街头

挂于树梢上的月亮

略大于悬在廊桥上的月亮

春天　结满诗意
和芬芳的门头沟

门头沟　在京西被喊得山响的名字
暮春时节因一大群诗人的到来
结着漫山遍野的诗意和芬芳
采风　采风　采着九级的漫天风沙的大风

风沙过后　潭柘寺　戒台寺倒映在永定河潋滟
　　的眼睛里
就从这里开始　京城来的　河北来的　更有浙
　　江来的诗人
春天总是以芬芳的名义　招揽蝴蝶　招揽蜜蜂

大山舒展　鲜花舒展　树叶舒展
招揽的是诗句　是诗歌上的皇冠
这里百分之九十八点五的地方是山地
是最初的贝螺壳制成的项链
是用牛骨或者马骨穿成的骨锡和胸针

一颗颗星星在天上闪烁

他
山
石

一万颗虔诚的心在地上拱卫着　守护着
炽热的心灵足以配得上这片火热的土地
不信　你到灵水举人村看一看

那一个个金榜题名的莘莘学子
让莲花山上展现了怎样的瑰丽光彩
柏抱榆桑绘就了人世间万里的锦绣
京西古道　马帮驿站　我纵然相信你
有上千年　上万年的历史

你把璀璨的光芒像钉子一样凿进那深深的石阶
　　上的蹄窝里
刀光剑影依然在迂回曲折千回百转的
石径上闪烁
箭矢带着飞镝　在这石厚田薄的山谷
嗖嗖地鸣响

里人走窑乞食　长太息以掩涕兮

哀人生之多艰　求索之多艰　远足跋涉之多艰
百花山　妙峰山上的月亮在羌笛杨柳声中
变得洁白如玉

干完三杯老酒　沿京西古道上路
越过沿河城　夜宿斋底下村
马踏飞燕　西出太行
太行之路能摧车　若比京西古道是坦途

带着永定河的一袭涟漪
出潼关　阳关　玉门关　一路向西
从门头沟身披彩霞　心藏霜雪　一路踏碎
大漠的沙砾
虽筚路蓝缕　风餐饮露　九死一生而不悔

极目沧溟　我看到一片浩淼的寰宇
正传来一阵强劲的东风
我心存感激　面对这漫山遍野结满的诗意和芬芳

一叶梦幻的舟子　正从门头沟的群山深处
迎着太阳的光焰昂首驶出

　　　　　　　　2017 年 5 月 7 日晚草

京西古道怀古

马致远的古道　西风　瘦马
不知是不是这么一段
在门头沟　像从水峪嘴翻越牛角岭
经桥耳涧抵达东石鼓岩的古道　到底
有多少

当地人说　京西古道纵横门头沟全境
有商道　军道　香道
每一个深深的蹄窝内都翻卷着历史的
风云

我在品味着锈迹斑斑的铁掌的同时
仿佛看到了一支翻山越岭的马队
他们是跋涉的马帮商贾
还是保家卫国的军队

古道上的落日是世界上最美丽的落日

他
山
石

我看到一群鸟儿在飞向深山幽谷的密林
我听到沉沉的岁月伴随着苍茫的晚风
像悠久的马匹　在大山深处发出阵阵嘶鸣

永定河

说起永定河　就不用去说在北京的
那一段了
说起来真的让人窘迫
就像我们某些阶层的人从不吃反季节
的蔬菜和水果

而我也不会拿反季节的荆棘去刺激某些人敏感
　的神经
在门头沟沿河城的这一段
我却看到了永定河更为风情万种的
淑女的那一面

用清波　用婀娜　用荡漾　用婆娑不足以
描绘她的风采
面对那么多的诗人
总爱拿永定河当作北京或者门头沟
的母亲

但当我单独面对她时
我宁愿把她当作一个情人
春天是美好的　门头沟的永定河是充满
魅力的　午后的阳光照在河面

我真的庆幸我们选择了这么好的时机
当然　最美的季节和最美的时光
并不单单局限于这一时刻
河面飞舞的蜻蜓和蝴蝶使裸露的岩石
现出了原形

爨底下村

进村的脚步轻轻
刚到村头　看到那个既难认又难写的
"爨"字　内心便有几分的抵触
好像她专门要与初来乍到者作对

一步步深入下去后
印象随着移步易景开始逐渐改变
左青龙　右白虎　前朱雀　后玄武
鸟巢在树上编织的网连接着明清时期
的脉络

村后的卧虎岭的上空　天蓝得让人想到
久远的令人伤感的爱情
这时　有翘首的神龟争宠
清水河里流淌的是最洁净的水

我会沿着流水的声音往更深处走去
风景已变得像一件次要的事情

他
山
石

我心中有一个神秘的向导　正在这里
替我寻找一处属于自己的居所

　　　　　　　　　　　　2017 年 5 月 8 日

锦 溪
——写于 2017 第一届锦溪
风情诗歌民谣节

淀山湖　澄湖　五保湖　矾湖　白莲湖　锦溪湖

这里的大小湖泊都是兄弟

他们迎着暮春时节江南和煦的微风

手牵手共赴一场诗歌的盛宴

《诗经》里古老的传说洋溢在屈原　李白　杜甫　苏轼

和芒克　臧棣们的脸上

"睡梦中的少女"一觉醒来

连晓雪　舒羽们的眼睛里也开满了鲜花

船娘摇着乌篷船　石桥　拱门凌空欲飞

一块块大青石砌起的石墙托起了古镇的脊梁

白云在这里真像翅膀

它能带动整个锦溪飞起来

蝴蝶停在通往幽深街巷飞檐斗拱纤细的花茎上

鸢尾花在季节变幻的五月不小心泄露了

诗人内心的秘密

使这里宁静的风景和生活开始传播一段风流韵事

落日将在渐渐隐去的湖面激起一阵阵微澜

挂于树梢上的月亮略大于悬在廊桥上的月亮

2017 年 5 月 14 日

西藏组诗

南迦巴瓦峰

在藏南这片充满神性的领域
你是无与伦比的王
在一首诗里追寻你　描述你
神告诉我这是一件不易完成的事情
一年三百六十五天　有几人曾见过你的真容

站在一片空阔的草甸仰望久了
颈椎竟弯曲成山脊的形状
高原风把我的脸吹成了满是皱褶的山岩
一万年一个层次　十万年一个断层

南迦巴瓦峰　你浓云密布的峰巅揉碎了多少蓝天
那贮藏的冰川还剩下多少盐分
那些在湍急的激流中飞腾跳跃的鱼
曾改变了多少河流的方向

伸手不可企及　就用目光轻轻地抚摸吧

那些高耸的地方其实是世界燃烧的雷电

把长矛插在那里可以刺破万里长空

鹰的羽毛纷坠如烟

多像我经年不息的孤独

米林南伊沟

顺着南伊沟　在珞巴族小伙子边巴的向导下

向纵深处走去

湍急的南伊河的激流将我深置于南伊河

飞溅的浪花

像岸边鲜艳的杜鹃

沟内居住的珞巴人经历了一个从野蛮到文明

的裂变过程

从边巴无忧无虑哼出的现代小曲中你就能感受

满沟树枝上挂满的龙须草

可以入药的龙须草　至今已无人采摘

他山石

蓝天上悠悠的白云　在向我注解着一个
遥远的记忆
藏药的始祖宇妥・云丹贡布曾在这里采药炼丹
行医　授徒
在山中住久的人都相信藏药能治百病
像剥开一层皮的藏青果这才是人世间最纯洁的爱
我慢慢咀嚼着坚硬的果核
随着一声"咯嘣"的脆响
我深深感到有些沉默已久的事物
瞬间的爆发　往往会震破舌头

春天的八廓街

紧邻松赞干布为尺尊公主建造的大昭寺
此处　离为文成公主建造的小昭寺不远
但是　两个女人心里的距离并不近
大和小其实分不出高下

这里是春天的国度　藏佛的国度　也是我的国度
春风和煦　温暖的证据可以证明那些衣着藏袍
手持"玛尼轮"的藏人
像整个八廓街繁茂的树枝一样的幸福

在大堆燃烧的松枝的佛塔下
那遍街琳琅的饰物和珠宝反而易被忽视
面对大昭寺前那些五体投地的善男信女
我四处张望
只是想寻找一处更加适合自己的信仰

卡布林卡

多少世达赖喇嘛的夏宫
茂密的树林只是在春风中摇晃了一下
多少世就这么过去了

他
山
石

布达拉宫

从后山攀登上去　白云也有透出阴影
的时候
那么多的经卷晒在蓝天的下面
风再沉　遇到煮海为盐的人也会让开
一条道路

红山下埋藏着无数的珍宝
只是它暂时被一座庞大的宫殿压着
碰到失意的喇嘛　会把死去的往事
像佛珠一样挂在一株菩提树上

佛塔上落着两只鸟儿　它们从西天飞来
羽翼却是东方的花草繁育的
诵经声从幽深处传来
两只鸟儿也放开了嗓音

一阵风从山前吹来　吹进了佛门
我顿感生命中有一种不可名状的凝重
像五世达赖喇嘛纯金包裹的塔身
蓦然回首　我已找不到来时的山门

一头牦牛走上了拉萨的街头

一头牦牛走上了拉萨的街头
它没有遵守交通规则　视斑马线为无物
它就是这样随便走走
人群要为它让路　车流也要为它让路

四月的拉萨　四周的山坡已经长满了青草
它却为何走上了拉萨的街头
还把所有的规矩和世俗统统踩在脚下

在西藏　那么多人在诵经　那么多人在转动经筒
这头牦牛却是另类　像一个远离寺院的

喇嘛

一只鹰在高原的上空飞翔

说起来已过了知天命的年纪
不该再有浩瀚而又苍茫的心事
在高原　浩瀚而又苍茫的天空
浩瀚而又苍茫的蓝色可以有

一只鹰在高原的上空飞翔　浩瀚而又苍茫
一双羽翼纹丝不动
却能保持着高速的翱翔
那么从容自信　像松赞干布王冠上的缨穗

白云飘荡像天空脱下的裙子
我分明看到鹰的利爪
在替天空耕耘着群山和泥土
浩瀚而又苍茫

那曲草原

五月的那曲草原　时不时还会发现

一些残雪

我要追赶的最近的那场大雪

看来是追不上了

那就追赶一座湖或者一朵白云吧

比起稀薄的空气

这里的草叶更需要恬静的月光

离星星那么近

我看到布吉雪山和达尔果雪山

像两头白狮子

直到有一天　它们直扑过来

惊散了草场上的羊群

白云飞向羌塘草原

白云比苍鹰庞大　因为它能够裹挟着高原上

的湖泊飞翔

从海拔三千七百米的拉萨　再往上飞八百到一千米

就是羌塘草原了

这一片无夏的草原　走起来总是显得那么短暂

短暂得像那曲河中的一段湍急的水流

环顾四周　群山耸峙

远古的象雄王朝和玛尼堆在这里并未被

禁锢

反而变得比以往更加清晰

神山圣湖使唐蕃古道已不那么神秘

一滴海水的重量足以压垮整个高原的

脊背

我们把死去的和尚未死去的都看作天地间的过客

哪怕是那板寸一样的"那扎"或火绒草

只要留下一滴海水

就能使这里所有的贝壳复活

五月　西藏的一次公益之旅

高原如翻卷的白云　在我们这次充满公益的旅行中
变得更加奔放
七十四台救护车将在六月抵达

遍布西藏的七十四个县域
思源扶贫基金　天使妈妈基金　时尚芭莎基金
联袂给西藏带来更白的雪　更美的浪花

这场惠及雪域千千万万孩子的公益
之旅
让我想起了雪与浪花　与格桑花的
相遇
在这禅意与阳光葳蕤的高原

我们不需要更多的问候和敬献哈达
请记住思源扶贫资金　天使妈妈基金

他
山
石

时尚芭莎基金
其实　也不必记住这些冗长的名字

不过是一滴海水的重量
不过是一棵小草的张力
其实　我们不过试图把高原流向祖国
腹地的千万条河流　再带回点点滴滴

但它足以让背向阳光的初春的嫩芽
和面向阳光的嫩芽一样　绽放出强大的绿意

茂名的自信（组诗）

贡园荔枝红

荔枝并未倾国　荔枝不只关心贵妃

它更关心全人类

诗人不惧红颜　更不惧失去江山

迷人的诗句以及阵阵雨丝

灌醉了贡园鲜红的荔枝

贵妃醉酒　力士回首　五马归槽

那一块块匍匐于古荔之下的巨石

更像不绝于途的累死的马儿

雨中的荔枝已将熟透的盛唐

赶至倾覆的边缘

云鬓芳颜顷刻"花钿委地无人收"

像遍地落满的荔枝

而我从不相信一个女人能有如此蛊魅的危险

"祸端自是君王起　倾国何须怨玉环"

再诱人的荔枝也不可能担保大唐盛世

永久的春天

天空放晴　能让江山死而复活的依然是
黑叶　白腊　妃子笑　糯米甜　白糖罂
而在歌舞升平的朝堂之上
能给你温柔一刀的
仍是那"回眸一笑百媚生"的红巾翠袖

中国第一滩
——游茂名海滨公园

海面从未平静过　即使是无风的时候
波浪冲向沙滩的力度也足以让初来者
震撼
动力三角翼飞行器在空中滑翔
天空的蔚蓝与大海的蔚蓝正以九十度角成正比
而此时我想到的却是满眼翠绿的古荔
作为诗歌中的荔枝你太过浪漫
三点式的泳衣在沙滩上跃起一种优美的舞姿
瞬间被定格在相框里

因为你已经在海上留下无数条道路
茂名的儿女像茂名的鲜果一样
从这里走出　遍布到世界的每一个角落
即使在平静的午后　我也能根据固定的
思维定式　设计出属于自己的花瓣

茂名的自信

茂名很自信
茂名的天空很自信
茂名的土地很自信
茂名的山山水水很自信
茂名的海岸线很自信
茂名的荔枝很自信
茂名连年两位数增长的 GDP 很自信
茂名的诗人赖廷阶　郑成雨很自信
茂名的永坚局长现场表演的魔术
很自信

自信是茂名亚热带强劲的季风
自信是茂名充沛的雨量和充足的光照
自信是茂名的基因　茂名的印记　茂名的
主旋律

冼太庙

双手合十屏气静穆
我能节制自己　但节制不住斗拱飞檐上的鸟鸣
对于逢庙便拜的人来说
我此时此刻的虔诚绝对无丝毫折扣
年代久远的碑记　尽管文字已经斑驳模糊
但我依然在努力地辨认着聆听着碑文与树叶摩
　擦的絮语
在这绿荫葱郁的红墙绿瓦的庙宇
仅怀一颗虔诚尊崇的心是远远不够的
隔着时空的钟声
我心灵产生的某种震颤与漩涡

并未惊动冼夫人的安静

放鸡岛

去放鸡岛的路上　我看到无数只鸡

在漫长着旅途

南粤大地的绿叶和鲜花让鸡也兴奋

传说很多　我不知道该相信哪个

再温柔善良的柔姑也无法与被贬的宰相

相比

而对于渔民出海前放鸡求平安的说法

我觉得更靠谱一些

面对大海　我背靠一棵椰子树

仿佛背靠着一场巨大的虚空

当地人说　不过琼州海峡　椰子终究成不了椰子

正是"橘生淮北则为枳"的翻版

四周的汹涌也仿佛病入膏肓的椰子树

我突然想到的颂文是　请赞美午后阵雨的飘忽

而此时　我更愿意把放鸡岛理解为一个
抛锚于大海之腹的词根

玉　湖

风生水起　喷薄着浪花的玉湖像要
飞起来
水光接天　太阳披着一身霓裳
云层梳理着玉湖的羽毛
一场短暂而愉快的船游
诗人们在四周苍茫的山色中弃船登岸
这才是真实而又深刻的玉湖
岩石在竖起的陡坡上闪光
榕树的根须使诗意像红色胞衣一样
在这片红土地上无限蔓延
丰盛的大餐和永坚局长的魔术
让全身缀满诗句的人眼花缭乱
飞鸟在窗外鸣叫

一天不算漫长　青涩的芒果和红衣包裹
着的荔枝
试图将这座巨大的水体与不远处的大海
连接在一起

茂名夜话

茂名的夜灯火阑珊
一棵高大的榕树也在闪烁
简明　谷地　刘剑三位诗人在树下
交谈
两位喝多酒的和一位滴酒未沾的
两位滔滔不绝的和一位沉默不语的
两位热烈的和一位平静的
他们之间还有着不停置换的频率
今夜　我们不谈月亮不谈星星
不谈轨道不谈航线
不谈成熟的荔枝不谈调情的男女

他
山
石

不谈南方和北方
不谈汛情和干旱
只谈那位茂名的已写诗就成雨的诗人
像一个哭泣的孩子
而不写诗的时候却像一只在波峰浪谷间
欢快飞翔的海鸥

第三辑

纽英伦的雪

两只乌鸦蹲在树枝上

偶尔伸长一下脖颈赞美雪花

过海关

因担心美国移民政策有变

我必须在特朗普上台之前将所有的赴美

证件办好

特朗普刚刚宣誓就职　我就空降而来

元月二十五日　这个日子可以记住

也可以忘掉

过波士顿洛根机场海关

我看到的美国人　无论男女面部依然是

那么陡峭　心里不禁咚咚地打鼓

我能否顺利过关　包括包内的那两袋酱

牛肉　我得悄悄将它扔掉

2017 年元月 25 日

列克星顿小镇

一夜零星的冷雨　敲打在玻璃窗上

天明　玻璃窗上并未留下一丝痕迹

二百四十一年前那声枪响　却给整个世界

留下了不可磨灭的痕迹

我是在第二天天亮才知道

我来到美国的第一夜

竟然是在列克星顿小镇度过的

这一夜是那么的寂静

除了冷雨敲打在玻璃窗上的滴答声

我没有听到任何声响

一个多么典雅多么安详的小镇

那场因印花税引起的战争

说久远也不久远

却在我睡着与醒着的一瞬间

世界的天平发生了根本性的转变

2017 年元月 26 日

列克星顿第二天

在列克星顿的第二天　我必须要到那位

民兵的雕塑下照一张照片

你看他双手提枪　神色凝重注视远方

仿佛要把冬天的白云用目光射下来

如今它们都已变成美国的一座座城市

和村镇　请看那路边堆积的残雪

我曾深深地祝福它们

这里的大地空旷　不远处就是大西洋海岸

那些从大洋上漂泊而来的人

都是脚下有奔马内心有猛虎的人

船儿很轻　稍不留神就会在风浪中陨坠

变成被世界抛弃的人　被世界抛弃或者抛弃世界

在这里已变得无足轻重

我似乎感到一种永恒的东西在闪耀

目光所及之处已无法辨认方向

身体在云卷云舒之间被徐徐打开

2017 年元月 27 日

晚 雪

傍晚时分　主人燃起了壁炉里的木柴
火焰升起　雪花开始出现在空中
来到列克星顿小镇刚好一个礼拜
雪花不期而至　窗外
两只乌鸦蹲在枯树枝上
它们缩着脑袋　偶尔伸长一下脖颈
赞美雪花

雪　后

雪过即晴　我剩下了长空的辽远
剩下了大地的苍茫与空廓
只有飘荡的白云是公共的

查尔斯河

查尔斯河流经哈佛的脚下
最早建设美国的那群人
在约翰·温斯洛普的带领下
仍滞留在查尔斯河的入海口

波士顿的天空

波士顿的天空蓝得让人心痛

白桦树也被打动了

在刚刚过去的中国的春节

树根的嫩芽就开始萌动

后庭的树林里有微风荡漾

微风里有腊梅的冷香

小松鼠不怕人　　当你经过它时

它会用一种若无其事的目光盯着你

在这么一个安静祥和的节日

我想买点中国白酒庆贺一番

跑遍了这里所有的超市

竟然一瓶也没有买到

幸好朋友蔡耀民家还储存了一瓶茅台

我一连干了三大杯　　在酒意正酣的海岸

在当年约翰·温斯洛普上岸的地方

我看到人头攒动　　似一朵朵涌向沙滩的

浪花

2016 年元月 28 日

波士顿地铁站

你的沧桑和斑驳是我能够想象的
但你的藐视是我不能容忍的
站到你的站台　老远就能听到你哐当哐当的喘息声
百年的历史　百年的老站　百年的地铁
说起来让人窘迫
车窗内外那一双双对视的眼神
说不上是骄傲还是惭愧　再也跟不上
时光了
从这里到北京　到上海的站台
中间隔着整整一个世纪
我没有必要为你忧伤　因为中间隔着那么多海风呢
多少个寒暑已经过去
海鸟的翅膀都变成一堆堆坚硬的礁石了
此时　我宁愿是一朵云或者是一朵浪花
经历过大洋上的每一座岛屿
并经得起大海的推敲

2017 年元月 30 日

抗议集会

在波士顿公园上万人集会
抗议总统特朗普的新移民法
包括园内所有的松鼠
波士顿市长亲自带头
我不禁惊诧　这家伙是上面发烧
还是下面漏气?

自由之路

在自由之路上漫步

我可以看到马萨诸塞州议会大厦金色的穹顶

二百多年前的那个夜晚

保罗·里维尔在向康科德奔跑

列克星顿的枪声响起

那是一个国家历史起跑的发令枪声

康科德小城

一座活跃的文学之城

这里有作家纳撒尼尔·霍桑的旧北桥住处

有拉尔夫·沃尔多·爱默生的宅第

还有路易莎·奥尔科特的果园

瓦尔登湖畔亨利·大卫·梭罗的小木屋

我在小木屋静坐沉吟

然后环绕那个著名的池塘走了一周

向着飞鸟向着森林向着小船头飘向远方的笛音

和尘埃中出没的蝼蚁

找寻那本关于瓦尔登湖的书

2017 年 2 月 6 日

瓦尔登湖畔的小木屋

在冬季屋内的炉火是否烧得更旺
春种秋收屋前屋后的蔬菜和稼穑
是否长得更为茁壮
湖边的垂钓是否有鲜美的鱼儿上钩
船头的笛音是否招来迅疾的飞鸟
森林里的松鼠和土拨鼠是否定期来到
你的木屋旁
光顾你的灯影和月光
当你观察蚂蚁打架时如何对待落败的
一方
亨利·大卫·梭罗　来到你的木屋探访
这些都是我要向你询问的事项
也是我这次来到美国要做的尤为重要的

普利茅斯

去了趟普利茅斯　去了趟普罗温斯顿

当年"五月花号"登陆的地方

"五月花号"帆船已樯倾楫摧无觅处

就连那艘复制品也消失得无影无踪

被风雨侵蚀的巨大的花岗岩——普利茅斯之岩

闪耀着整个国家的自由灵魂的光芒

北美的土拨鼠怀着一颗萌动的心

小心翼翼地爬出洞穴

大西洋上吹来的风变得不那么凛冽了

在科德角遥远而荒凉的尽头

曾经汹涌澎湃的海浪也变得静谧而超脱

像渐渐隐去的冬天

2017 年 2 月 5 日

清教徒博物馆

二百五十三英尺的清教徒博物馆
世界上最高的全花岗岩建筑
一百零二位清教徒的灵魂全部在这里公开展览
站在它的穹顶可以俯瞰普罗温斯顿全城
和当年登陆的海岸
如果再翘一下首　还可以俯瞰英国泰晤士河上
那高高的塔尖

普利茅斯岩

至于谁是第一个踏上这块岩石登上美洲大陆的人
已不是那么重要
在遥远的欧陆或泰晤士河畔　徘徊踯躅久了
总想换一个地方展现另外一种姿态

辗转颠簸的命运落到谁的头上
大西洋就把帆船和蓝鲸同时交给谁
桨橹和鱼叉肯定是不够用
风浪能把生与死的距离远远地拉开

如果把飓风和鲨鱼放在两端
那么天平的猛然倾斜无疑能把强烈抖动的大海彻底
　　掀翻
这绝不像在陆地上四处走走那么轻松
海天一色　下不着地
能够顺利踏上普利茅斯圣岩的人　惶然如漏网之鱼

在印第安人的帮助下　一年之后丰盛的火鸡宴上

他
山
石

"感恩节" 被一年一年地留了下来
而那一个个踏过圣岩的人　仿佛一朵朵
扑向浅滩的浪花
倒是这块圣岩在鳕鱼角海湾的岸边一座大理石
　的凉棚下
独享着自己的长寿与清高

马萨葡萄园岛

马萨葡萄园岛　盖伊头崖多彩的岩石
只有在落日时分才显得那么光彩夺目
那些站在沙滩和礁岩上观落日的人
不管是总统　明星还是平民
终究会被晚霞一一抹去
像一尊尊大海的浮雕

波士顿艺术博物馆

亨廷顿大街 465 号　百年的绿皮地铁

正好开到你的门前

风雪使清晨的大地平静了许多

我们是从东方来的游客

自然对东方的艺术品略感兴趣一些

经历过大航海的时代

东风和西风都汇集在这里

中国的丝绸瓷器和古籍

无须翻墙均在这里公开展出

又看到了中国明代画家张宏的

《句曲松风图》

整个馆藏一下子从幽壑中升腾出一阵

松风

弥漫着浓郁的松脂的馨香

我突然变得扬扬自得

仿佛也带着一丝东方的神秘与神韵

2017 年 2 月 7 日

哈佛之光

最初的新市民学院

要沿袭英伦岛剑桥的风格

以抚慰那些清教徒们远离家园的孤悬

海外的心灵

矢志要在查尔斯河畔重建一座剑桥

让大提琴蓝色的琴弦奏出大海的颜色

让这片叫作坎布里奇的地方

像从万里长空飘落到此的一片云彩

让大西洋上的风赶着冬季的暴雪

覆盖整个马萨诸塞的谷地和海湾

再也回不去了　　大不列颠的帆船

再也回不去了　　普利茅斯的令人依依不舍的港口

"你荒废的今日　　正是昨日殒身之人祈求的明日"

这句校训使行万里路的人越过烟波浩渺的大西洋

读万卷书的人阅尽牛津和剑桥的每一片红砖黛瓦

识万个人的人一眼就认出那座哈佛的铜像并非哈

　　佛本人

只是那只被摸得锃亮的左脚已透出金黄的本色

2017 年 3 月 4 日

曼哈顿

当初被荷兰人买走时只花了二十四美金

一双旅游鞋的价格

后来被英国人抢走时一分没花

像被强盗抢走的一个女人

我穿越阿迪朗达克山脉和众多的冰碛湖而来

今晚从洛克菲勒中心下车

经百老汇剧院　第五大道　皇后区

到达时代广场

在人如潮水般的世界的十字路口

我买了一只热狗　一片土耳其烤肉外加一瓶饮品

刚好二十四美金

2017 年 2 月 8 日

在纽约遭遇暴风雪

凌晨开始的一场暴风雪
把今天要去的所有的景点都淹没了
在纽约近郊的罗曼达大酒店的大堂
游客们团团围住导游

我听到了来自四川　来自东北　来自河南
口音的牢骚
而我却躲在一旁暗暗自喜
那些景点如帝国大厦　自由女神像
纽约大都会博物馆好找
而这场不期而至的暴风雪不好找

我见过北京的雪　喜马拉雅的雪
呼伦贝尔和博格达峰的雪
却从未见过纽约的雪　曼哈顿的雪
哈德逊河上的雪

我静坐在宾馆温暖的房间里

望着窗外飘飞迷乱的雪花
我想让它下得大一些　更大一些
把窗外停在空地上的日本车　德国车
美国车全部覆盖
所有的标志也全都看不到
正好我可以把它们想象成那是中国一汽的车
二汽的车　奇瑞的车

那高速公路去往新泽西　去往马里兰
去往华盛顿的路标也全部被覆盖
正好我可以想象那是去往北京　去往河北
去往安徽的高速公路

我想让这场暴风雪下上一天　再下上一天
正好我可以在这里思考　在这里写诗
最后让这场雪在我的诗歌里停止
雪过即晴　并见到灿烂的阳光

2017 年 2 月 9 日中午

波托马克河畔

建国初期的领袖们一眼就将国家的中心钉在了这里

南北自然分界线的波托马克河畔

其实是原先印第安人的荒野沼泽地

来的时候　一场暴风雪刚刚过去

整个城市布满了纪念碑　纪念堂和雕像

相对于白宫和国会山来说

这里的一切都是那么宁静

就连那曲《星条旗永不落》也是在宁静中演奏的

有许多比鸽子还大的飞鸟　它们激荡地飞翔

它们飞越城市最高的建筑华盛顿纪念碑

当地人习惯性称之为"方尖碑"

但是无论它们飞得多高

最终总会滑翔降落在波托马克河畔的

低处　我的目光寻来寻去

忽然感到鸟儿飞翔的激荡竟来自

波托马克河最深处的宁静

2017 年 2 月 10 日

古老的玻璃
——访纽约州康宁玻璃博物馆

在这里　我见到了所有的现代的玻璃

更见到三千五百年前的玻璃

那是一尊古埃及法老的玻璃模型

我见到那么多现代的东西

但当我的目光与这尊古老的玻璃相遇时

我的心中不禁一阵惊悚

时光仿佛一下子停了下来

天空停了下来　飞鸟停了下来

所有的事物都停了下来

像一座迅速凝固的大海

当所有的人的脚步渐渐远去时

我看到了这尊古老的玻璃里即将透出的春风

和那双紧握春风的手臂

它并没有将我们紧紧地拴死在那个时代

2017 年 2 月 11 日

在暴风雪中飘摇的大巴
——从尼亚加拉瀑布回
波士顿途遇暴风雪

是风吹散了雪花　还是雪花追着风飞舞

从尼亚加拉瀑布到波士顿的高速路上

一辆大巴也被风吹成了一朵飞舞的雪花

刚刚看过那飞流激荡的瀑布

刚刚体验过那惊心动魄的雷神的传说

又在这漫天飞舞的暴风雪中来一次酣畅淋漓的漂流

这北美暮冬时节的暴风雪

使我在这里的日子所剩无多

并竭力缩短着我整个人生的旅程

时间像一根无形的绳子

八个小时的车程又被紧紧地拉长了两个小时

借着雪光可以看到前方就是波士顿了

——一个年轻国家的摇篮

我正在默默地计算着从她诞生

到这场暴风雪之间的距离

2017 年 2 月 12 日

尼亚加拉瀑布的传说

是少女的哭泣惊动了雷神
还是雷神的呼唤感动了少女
悠悠天地间有什么样的激流能够大过
人类自身的激流

远古的漂木搁浅在瀑布的边缘
伸出如椽的巨手
它要拦住这飞流奔泻声震天际的来自
亿万斯年的大地的歌哭

尼亚加拉　尼亚加拉　传说中从少女的
哭泣开始
少女　冥冥中美丽的人类之母
泪雨似圣水从伊利湖的眼睑潸潸涌出
天生的反叛和对自由的追求
能将满腔的哀怨像潮水一样倾覆

春天　从第一枚初绽的嫩芽开始

尼亚加拉大瀑布的传说
从少女的潸潸泪雨开始

我扶栏而立　在北美这片潮湿而多情的
大地
凝望那自天而降的火焰如何染红尼亚加拉的河谷

这里的冰川早已化作一座座巨湖
那苍茫的山岭依然沉浸于暮冬的灰色
万千的溪流像归栏的羊群
众鸟在密林深处歌唱

逃离家园的少女穿越茫茫的雪野
在尚存着残雪的赤裸的岛屿找到了归宿
诗神点燃着赤松脂的火把
照亮着那颗阴郁而冰冷的心

此时　天空的彩虹不可遮掩

众生向往的即将破茧而出的春天的潮汛
不可遮掩
残雪覆盖下的沉睡已久的草籽萌动的复苏不可遮掩
传说即将结束　传说刚刚开始

　　　　　　　　　　　2017 年 2 月 19 日

第四辑
欧罗巴意象

夜晚的森林像一团炭火
它的光芒比夜色沉重

访荷兰桑斯安斯风车村

低于海平面的风车村
低于海平面的果园　低于海平面的
葡萄和郁金香
大风车转动的脚步比游人的脚步快
新来的客人的脚步比离开的客人的
脚步快

每一部风车的造型都是独一无二的
它们日夜转动　永不停歇
风的羽翼围绕在周围　永不停歇
低于海平面太久了
都要变成海洋里鲸鱼的骨架了

奶酪的气息与郁金香的气息之间有缝隙
孩子们总能率先分辨出奶酪的气息
海风柔和　让这里各种植物的花粉
都是那么鲜嫩　那么易于传播

他
山
石

一条鱼飞出海面　鱼的欲念越过了人的
欲念
一朵被阳光簇拥的海水
刷新了荷兰的红瓦白墙　刷新了桑斯安斯
风车村的红瓦白墙　以及这里的流金岁月

游间小憩　我在一间小木屋翻阅几本
旧杂志
除了看到梵高的《亲爱的提奥》
我还意外地发现美国的《独立宣言》
竟是写在来自荷兰桑斯安斯村制造的
羊皮纸上的

阿姆斯特丹

这座欧洲北部因水而生的城市　因水而生的最早的
商业文明　最早的"海上马车夫"
至情至性至柔的水滋润着这座城市
郁金香和干酪滋养着这座城市

精包装的花种　可以栽培到世界各地
不管是遇到中国的雾霾还是北美的酸雨
都照样萌芽开花　照样朝着纯洁的方向
怒放

古老的修道院和虔诚的新教堂紧邻着
霓虹灯映照下的阴柔的橱窗
最美的沉沦起伏的花朵
把狂热而偾张的雄蜂射进浊浪滔滔的
北海

赤裸之城交出大片的向日葵和梵高的
欲望　谁丢失了灵魂和道德的高地

谁将巨大的阳具像高高的灯盏一样
插进北欧浩繁的夜空
并寻求庇护者的诺亚方舟
在这里　上帝的和凯撒的早已归了平民

维也纳森林

在维也纳森林的边缘
我想到的不只是施特劳斯
不只是《维也纳森林的故事》
我还想到了阿尔卑斯山
想到了茜茜公主　更看到了笔直参天的
山毛榉　也有红叶闪烁的灌木林

众多的衣着暴露的妙龄女郎
在我思想的底层酝酿着暴行的漩涡
但这里的云杉和蓝杉足够美丽
让我不会有任何鲁莽愚蠢的行为

况且有那么多绅士般的男士像蓝色的
多瑙河一样徜徉其间
在这里　羊儿在绿茵茵的草地上想到的
不只是吃草　这个无邪的夏季
我要为维也纳寻找一片更加优美的意象

他
山
石

不只是清流小溪　不只是温泉古堡
甚至不只是中世纪的法庭和古老的寺院
还有贝多芬的《圣城遗嘱》
舒伯特的《美丽的磨坊姑娘》
从森林的腹地可以远眺喀尔巴阡山闪耀的绿色
　　峰尖

森林里还有许多我叫不响的树木
森林里还有许多我叫不响的鸟儿
但我能叫响那一阵阵飞舞的蜻蜓
蜻蜓的翅膀在黄昏余晖下振动着绿色的爱情
忘情的情侣几乎要把这迷人的景象撕开一道裂缝

此时　真想喝一杯新鲜酿造的葡萄酒
听大提琴浑厚的音调伴随着鸟儿婉转
的啼鸣
当潘神的啄木鸟突然出现
走吧　看看哪家酒馆的门前挂着一串

赤松枝

夜晚的森林像一团乌黑的炭火

它的光芒比夜色沉重

威尼斯城

那些插入亚得里亚海的木桩
那些来自阿尔卑斯山愈久弥坚　坚硬
如铁的木桩
那些撑起一百一十八座岛屿和一座
城市的木桩

海水里的黑森林浸透了海水的冶炼
浸透了盐的结石和桥的脊梁
我和最早进入你的夸迪人　马可曼尼人
一样　略感忐忑和迷茫地进入你的海盗
进入你的商业　进入你大理石雕刻的城堡

在过叹息桥之前
我一定喝上一杯摩卡或者卡布奇诺
熟悉一下巴洛克建筑风格和威尼斯画派
调整一下呼吸　不让它发出任何声响

蜿蜒的水巷分割着流动的清波

拿破仑宫　圣马可广场　圣马可大教堂
这里的鸽子是全世界最像鸽子的鸽子

广场上的人们任意地谈论着右翼或左翼
谈论着足球　谈论着贝卢斯科尼的狎妓
行为　并无任何非议和嘲讽

细雨飘落　沿着海边的帆影
一位来自东方的诗人　用手指拨弄着琴弦般的雨丝
乘着贡多拉深入威尼斯船歌的尽头
亚得里亚海并未远去　城市已水涨船高

佛罗伦萨的落日

走自己的路，让别人去说吧
从圣母百花大教堂出来　走自己的路
很快就能走进你狭窄的街巷
佛罗伦萨的风从六百年前吹来
从但丁被判永远驱逐的法庭上吹来

这是贵族的法庭　代表平民利益的但丁
被永远地关在了佛罗伦萨的大门之外
从此　佛罗伦萨的风变得倾斜

当永远不得返乡的但丁带着《神曲》归来时
那墙壁上的雕像在夕阳下闪耀着迷人的光芒
第勒尼安海　亚得里亚海像意大利两只
飞翔的翅膀
云朵很轻　大提琴的声音很轻　鸽子的
飞翔很轻
我在落日迷蒙中不小心踩疼了地上的
但丁

我低头鞠躬　向诗神表示十分的歉意

风向开始转航　整个意大利像浑圆的
落日搁浅在了地中海的浅滩
我感到了埃特纳火山和维苏威火山在
微微地颤抖
仿佛在等待着但丁的归来
尽管沼泽浸透的骸骨仍滞留在古城
拉维纳的荒冈

瑞士铁力士雪山

从英格堡出发　沿着绿色的梯级
波浪般一层一层地攀越
用金属　用电力　用铁链　用钢筋水泥
和高高的山毛榉支撑你

阵阵的风暴在山谷幽壑间鼓荡
裸露的棕灰色的岩层的罅隙
翻滚着莱茵河最初的激流
灰色的鹰的羽毛从灰色的悬崖间
俯冲而下

墨镜在阳光和冰雪之间
充当了一次天真无邪的媒介
像跃过山涧的岩羚羊
在喧嚣的尘世寻得一次温情的宁静
特里布湖　行进中的第二梯级

低矮的绿色的灌木丛

依然有我仗义潇洒的兄弟
在畅饮着红衣主教啤酒的同时
也在畅饮着红衣主教的教义
如同畅饮着自由和爱情

兄弟啊　畅饮吧　尽情地畅饮
让啤酒的泡沫做证　让铁力士雪山做证
让瑞士银行铁的信誉担保
把特里布湖水一起喝掉

我感觉西边的云朵在熄灭天际的光芒
铁力士雪峰已经临近
冰雪的牙齿在啃噬着眼前的风景
雪雾与云雾　真理与谬误
我已分不清伯仲

瑞士琉森湖上的天鹅

本想把你们写得更简单一些
本想把你们比喻成高贵的歌者
或高蹈的舞者

本想把你们展开的翅膀
画得更有流线　更加完整
本想让你们有更高　更辽阔的欲望

你们的鸣叫　本应是来自天上的音乐
当你们的颈项与脚趾反方向地拉直
那才是世上最美的华尔兹

看吧　这本应属于蓝天的尤物
却在琉森湖上筑起舒适的窠臼
吃一些残羹冷炙　养尊处优

云霄托起的身姿

远胜于湖水托起的身姿

我把准备投向湖面的剩余的面包

掷向了更为辽远的天际

科隆大教堂

六百三十二年建造一座教堂　只有上帝
　　　相信
莱茵河缓缓的清波荡漾在科隆冬季的
　　　白雪里　这事上帝知道

塔尖插入云霄　昭示着人类与上帝的
　　　对话从苍穹开始

莱茵交响曲悠扬　圣母玛利亚悠扬
绕城的河水漫过耶稣的十字架
也漫过钟鼎与圣母

金雕匣盛满"东方三圣王"的尸骨
在唱诗班的回廊　生与死都是赞美诗
　　　虚空的回响
我本尘土　必当归于尘土

科隆画派的壁画与彩绘

从一四四〇年开始变得绚烂夺目
追着上帝的福音进入教堂的人
都该有一个美好的前程

地里长出荆棘和蒺藜　也长出法衣和
　雕像
直到我带着一首诗从东方神秘的国度
　向你逼真地走来
众神飞奔　尚在途中

伦敦海德公园

周边最显赫的依然是那座白金汉宫
女王在与不在已无关紧要
威斯敏斯特教堂的钟声照样按时敲响
自由之角的演讲者依然侃侃而谈慷慨
激昂

湖上的水禽自由翻飞　像孩子们折叠的
纸鸢
马克思当年坐过的长椅　今被流浪者
占据着
并用诧异的目光盯着我们这群来自东方的游人

他是否像马克思那样深刻地思考
怎样把全世界无产者联合起来
不分东方或者西方

鹅卵石铺就的小路向远处延伸
昔日的王室公园　亨利八世的狩鹿场

如今已无鹿可狩

只是有时也会有一些无产者和富豪

擦肩而过　但已显得不那么清晰

泰晤士河畔

离威斯敏斯特教堂太近

每一次的祈祷

都会激起泰晤士河的涟漪

离议会大厦和唐宁街 10 号太近

议员们的唇枪舌剑

颠簸了泰晤士河上的航船

唐宁街 10 号官邸

这里住着一个叫伊丽莎梅的中年女士

英国人民用选票

给她买下了这幢官邸

使用期五年

最多连住一期

水电费自理

泰晤士河畔

我在此漫步

浮掠了整个英伦的历史

伦敦眼在远处巡视

它在紧紧浮掠着这里的每一个行人

苏格兰风笛

在格拉斯哥街头
那个吹奏风笛的苏格兰人
正对着风笛长长的耳朵
　　卖力地吹奏

风笛像个聋子
它听不到来自自己的声音
满脸憋得通红

吹风笛的人　并不知道为谁而奏
行人驻足　我这个来自遥远天际
　　的东方人也驻足

我不知是对这来自世界边缘的
　　乐器感兴趣
还是对这吹奏风笛的苏格兰人
　　感兴趣

我们相视而笑　像一对熟人
更像一对陌生人

伦敦火车站

这里有发往英国各地的火车
这里是瓦特的故乡
英国人依然守着蒸汽机式的
火车
速度像飞奔起来的驴子

无数只脚在车站广场纷至沓来
无数只鸽子在其中穿梭
有时鸽子会落到你的脚上
嗅你的臭袜子
这种味道　咖啡屋里常能闻到

鸽子啊鸽子
如果在中国你可要小心
有时同样的脚会突然飞起
弹你一下
因为有些中国人

可是长着一双踢死鸽子

踢死猫　踢死蛤蟆的脚

2014 年 7 月

塞纳河

要说一道水系给一座城市带来的影响
无有出塞纳河之右的了
而在你的左岸　足以让我比蝉或者驴子
更加高调了一回
几杯价格昂贵的咖啡　让我与巴黎的关系
变得有几分暧昧

在萨特写作过的吊灯下
"自由之神经由花神之路"　是那一道道
光束编织的花篮和金发飘逸的浪漫
世界那么小　我的一只脚还在北京后海
的酒吧里

记忆中的"梦巴黎"和"左岸"　在这里
显得是那样"驴唇不对马嘴"
苏法利诺桥上的栏杆刚刚经历过一番
细雨的洗涤
此刻　我正在思考一个问题

故宫和凡尔赛宫上空的鸽子是否属于
同类
同样是天空　在这里我能够做到的就是
把呼吸变幻成另外一种姿势

你可以抽走我身体里的空气和白云
但塞纳河上的帆影远比河水更加辽阔
在朗格勒高原的一条小溪上
我发现另一个自己正疾步走来
并有一种走进岩石的感觉
裸露的或者隐秘的

凡尔赛宫

黑人摊开双手　在兜售着成串的埃菲尔铁塔的同时
也在兜售着蹩脚的中文"你好！"
"五欧元一个，十欧元三个！"
售票窗口　法国也在兜售着凡尔赛宫
门票二十五欧元一张

巴黎近郊的凡尔赛宫
谁建成的已显得不那么重要
古老的森林比古老的沼泽古老的荒地
更加吸引眼球
习惯了故宫的喧嚣的人群
在这里似乎觉得有点寂寞

而我却不这么认为
在狭长的镜廊下　历史的天空正从这里
走向遥远的东方
那些精美的明清时期的瓷器可以做证
我们在此不存在要交换些什么

或者有什么可以讨价还价的事物

还有一些从圆明园洗劫而来的珍贵文物
你能说它们只是在大西洋上兜了一圈风
够了　我还是要回到正题
这里的厅堂　浮雕　绘画和那位骑马的
雕像
已经完成了自己的即兴表演

我的到来丝毫没有改变什么
只是让这里富丽堂皇的宫殿
静谧的果园　如茵的芳草　葱茏的嘉木
在澄碧的天空下再重复演绎一遍

第五辑

俄罗斯诗抄

在冰雪覆盖的荒野
我拾起几粒草籽
用手指捻除
凝固在上面的苍凉
并奋力吹去天空的孤寂

在贝加尔湖畔（之一）

旅行包依次排列静候在大堂

木质别墅设施齐全

鲜花碧草簇拥在台阶两旁

贝加尔湖的第一夜该怎样度过

是湖边野餐还是树林里烧烤

走进夏天的花园

湖面荡漾的微风

让凋谢了的玫瑰又吐出新的花蕊

小草像漫无边际的湖水

我看不到它们的绽放

但能看到它们的漂泊　随风漂泊到

天涯海角

红彤彤的野苹果像晚星一样闪烁

远方的篝火旁传来了布里亚特人

悠扬的长调

他
山
石

花园随着夜色而逐渐隐退

蕨草与灌木林发出簌簌的响声
四周弥漫着烤肉的馨香
还有那闪烁的少女的明眸
我把它当作旅途疲惫中的慰藉

宿鸟早已归林　游人仍在喧嚣
而风暴会在人们不经意间袭来
芳草也即将枯萎
在这个夏末　我们也会转身离去
恰好在那湖水忽涨忽落之际

在贝加尔湖畔（之二）

今天的相遇是一种必然

你像一望无际的大海　我像一只漂流瓶

这种机缘有时并不在个人掌握

我用手捧起一掬贝加尔湖水

像是在黑暗中提起一盏灯笼

苏武牧羊对我来说是一个多么久远的故事

　但那根掉光穗缨的旌节

却是一件信物　这使我想起一种力量

一种胜过任何生命的力量

当留着长辫子的清朝人和蓄着大胡子的俄罗斯人

在这里用丝绸　茶叶交换毛皮　交换尼布楚条约

　的时候

布里亚特人早已背着黑熊和麋鹿从森林里走了出来

至于色楞格河什么时候闯入的贝加尔湖

史籍也无从考究

他
山
石

牧了十九年羊的苏武回到了长安
光秃秃的旄节
在蓝天白云的映照下显得异常神圣

今天　我们相互走近
秋风渐起　沿着一弯新月不再改变方向
白桦树将回收所有的树叶
我们放在窗台灌满沙子的鞋子里
狼群会跑来　将我们既天真又朴实的思想
彻底扑灭在沙滩上

2017 年 8 月 12 日

色楞格河

色楞格河从乌兰乌德穿城而过
喇嘛庙在城的最高处讲述悠久的故事
我方便说的与不便说的
都已被它说过了

我等待着一场东西伯利亚的风雨
如贝加尔湖面旋起的一阵狂飙
乌云与我们擦肩而过　波浪与我们擦肩而过
　　乌兰乌德与我们擦肩而过

当我将要离开的时候　这是一个平静的时刻
天空蓝得令人窒息
红苹果被遗弃在餐桌　像一个被人吻过的俄罗
　　斯女孩

鸟巢与栅栏连接在一起
河水紧握着城市的双手
飞出去的蜜蜂总会像花朵一样返回

而失落感却像河岸一样紧紧锁住我
不知道属于河流的还会在大地上游走

2017 年 8 月 13 日

克里姆林宫

当红场在我们身后渐行渐远
拥抱人们的不仅仅是克里姆林宫穹顶的塔尖
你会发现即使一些逝去的人也会紧紧地拥抱我们

这里面有沙皇　有沙皇的掘墓人
也有苏维埃社会主义共和国联邦的
掘墓人
现在的主人是说话硬气行事果敢的普京大帝

最早的波罗维茨山丘　最早的涅格林纳河和莫斯
　科河的交汇处
不同的沙皇本质却是一样的
我行走在真相与迷雾之间，
一盏巨型吊灯在空旷的大厅里
光线流泻　像最初的多尔戈鲁斯大公花白的胡须

"莫斯科大地上，唯见克里姆林宫高耸
克里姆林宫上，唯见遥遥苍穹。"

他
山
石

钟王震落的部分也足以使我颤动的心收紧
尽管从它铸成迄今从未被敲响过

残破的部分随时都会再次滑落
越来越多的人从这里走过
我们总是在大部分时间里清醒着　但随时都会
　迷失自己

红　场

历史并未走远　而人类自身总善于遗忘很多事物
比如流放与清洗　比如大饥荒与集中营

更新换代的汽车远远比不上更新换代的坦克
进入红场的斜坡曾经颠簸了整个世界
阅兵式频繁　最著名的一场阅兵是那样的激昂悲壮

任何牵挂都已搁置
直接奔赴狼窝　把狼王彻底打死
为了一种主义的传播　要扑灭多少冬日的篝火
黎明依然会降临　夜晚的火焰依然会被点燃

被过分颂扬的事物依然会加速衰老并死去
所有的过去式重又组团归来
我们是另一个时代遗留下的事物
不再谈论死亡　不再谈论幸福与痛苦

2017 年 8 月 15 日

涅瓦河上

在圣彼得堡　没有什么比在涅瓦河上更令人惬意的地方
游船会贯穿我们的身体
而身体会涌出粼粼波光
浓郁如海神柱燃起的火焰

它能够把快乐掷向不太遥远的芬兰湾
我们的脸比河面光亮　淡淡的雾气中
河水如黑绸缎般地延伸
用饱经磨难的边角塑造出两岸众多的教堂和岛屿
以及彼得大帝的骑士像

兔子岛上的要塞曾经变成水牢
囚禁过要犯　囚禁过太子阿列克谢
洪水也曾淹没过这里
我变成一朵空中的白云
环绕一片倾斜的桅杆
仿佛梦中也曾见过你
但并未喊出你的名字——（阿赫玛托娃的河流）

圣伊萨基耶夫大教堂

随着大批信徒和游客进入圣伊萨基耶夫大教堂
此时　谁的心情最虔诚

其实我始终觉得鸽子对上帝最为虔诚
因为鸽子与鸽子之间没有罪恶
这是上帝最希望看到的

这种理论至今还没有一个批驳者
在历代的遗物中来自墙壁的秘密
是骨子里最为重要的部分

当时光静止
我们探索的真相会像萤火一样闪着幽幽蓝光
星座诞生在我们的头上

先知们错失了众多的良机
琥珀破碎　这是手掌的罪恶
真理的破碎又是谁的罪恶

他
山
石

我们并不属于这个时代
如孤狼进入北极熊的领地
永恒的罪恶在这里成了一道独特的风景

远方的呼唤并未使征服者减少
我想从这里带回些什么
又唯恐被无比虔诚的鸽子洞悉

2017 年 8 月 16 日

叶卡捷琳堡

一阵细雨将我们送进叶卡捷琳堡
阳光偷偷地覆盖了自己
不太古老的愿望让多少人惦记
江山如此美好　　总有人在不经意间被废除

那么多雕像　　那么多油画　　那么多古董遗落此间
那么多想来此度假的人
我猜想肯定是走错了地方
像哭错了墓碑的寡妇

我看到了炮弹落地生根
我看到了湖水敞开的通道比宫殿敞开的门窗都多
我看到森林整齐地排列　　像沙皇高贵的家谱

一个孩子　　两个孩子　　三个孩子　　更多的孩子
他们比雨水繁茂并且充沛
天空开始变蓝　　花园里的花朵开始关注自己的命运

2017 年 8 月 17 日

十二月党人广场上的遐思
——写给十二月党人高贵的妻子们

面对圣伊萨基耶夫大教堂

在此集结　然后慷慨赴死

余者被押解到遥远冷酷的西伯利亚

这一群贵族革命者

　　　——十九世纪的俄国十二月党人

追寻着丈夫的足迹　脱去饰物和舞会的长裙

她们也随之上路

西伯利亚凄凉的荒野

成了她们最后的坟墓

真正的诗人永远都在为她们祈祷

而我这迟到的祝福和祈祷只能给她们带来无尽的

　　沉默

我在内心将她们视作一生的偶像

像骁勇的哥萨克人在覆盖着冰雪的荒野捡起几粒

　　草籽

用力吹去天空的孤寂

然后用马刀奋力斫去过于霉变的根系

话语响彻云霄

　　——这群为人类点亮星星之火的人

这些坚贞的妻子们

　　——她们唯一的珍宝　圣物　唯一爱恋的幻梦

冰冻寒荒里的一株白桦　一株胡杨

千年冻土里的一泓温泉　一泓永不凝固的热血

枪弹或禁卫军的骑兵打不垮的勇士

灾难和病痛也未曾使英雄们倒下

只要在俄罗斯广袤的大地上依旧有

荆棘和藩篱

白桦林可以倒下　塔松和胡杨可以

倒下

而她们以及其英勇的丈夫们

　　——十二月党人永远不会倒下

拿破仑的铁骑踏碎过莫斯科的皇宫

他
山
石

乱世中各种喑哑的火种都将被点燃
战争迫近与战争停止
人们从慌乱及恐怖中汲取灵感

垂死的天鹅将广场笼罩在巨大的阴影之下
专制喋喋不休　像令人厌恶的苍蝇
或者狂吠不止　像一条守护破败门户的恶犬
吸血的牛蝇在守候最后的猎物

她们可以撒娇　撒痴　撒泼
可以尽情发泄自己的情欲　但决不会背叛
我在世上已失去一个又一个恋人
那些信誓旦旦的尤物们
比起她们天生贵重的品格来是那么
可怕

我要把所有的祝福献给她们
在那遥远的苦役的荒野

我情愿拜倒在她们的脚下

在她们拥抱着衣衫褴褛的丈夫的时候

在她们将冰冷的镣铐贴近自己的唇边热切地亲

　　吻的时候

我的眼睛里已经含满了泪水

也许她们在向未来昭示着什么

充满着忧郁　　充满着神圣的寂静

假如时光能够倒流

我愿意在这冷酷的荒原死去

让一个勇敢又坚贞的妻子的形象

永远陪伴在我的墓碑之上

四周的人群那么肃穆

我并不祈求所有的人都同她们在一起

时光流逝　　大地还在黑暗的世纪里守望着黎明

分享着见面的幸福和痛苦

而我也学着哥萨克人的样子

在覆盖着冰雪的荒野捡起几粒草籽
用手指捻除凝固在上面的苍凉
并奋力吹去天空的孤寂

2017 年 8 月 23 日

第六辑

亚尼的死者之书

唱起对神灵的颂歌
请扯开嗓子

亚尼的死者之书

灵魂与羽毛一样轻盈的你升入天堂

三千五百年后　你重现人间时

竟成了大英博物馆的镇馆之宝

在尼罗河中游克索西岸的墓室里

三千五百年的寂寞与冷清

是天使在陪伴着你　还是魔鬼在陪伴着你

任何死者都不会有轻易的死

正像任何生者也不会有轻易的生

平民是这样　贵族是这样　法老也是这样

这里的人们生于北非沙漠米依花的璀璨

死于尼罗河安详与宁静的波澜

死者与生者的磨砺既分裂又统一

死亡永不会转身　它可以像云彩一样飘荡

可以像金属一样相互撞击　发出巨大的声响

却不知折返　像一头迷途的小鹿

永远也找不到来生的方向

他
山
石

谁会如此完整地拥有你
为你搭乘太阳之船驶向复活之路

面对奥西里斯的审批
让狗头人身的"墓地之神"阿努比斯神灵的手指
充满着无上的公平与正义吧
请你扯开嗓子唱起对神灵的颂歌
对魔鬼的诅咒　该悔罪的地方你就痛彻心扉地悔
　　罪吧
燃起熊熊火焰抵御恶煞塞托的迫害
让我的请求也永远地记录在草莎纸上
记录在诸神以及"冥界之神"奥西里斯的心中
让今生今世的美好时光得以在冥界延续

我乘上沙漠之舟　游历尼罗河岸边的荒漠
我想找一位努比亚人攀谈　我想找一位
贝都因人攀谈　我想聆听他们世世代代
唱起的渔歌和广袤的沙漠之歌

在他们古老并且虔诚的祭祀和占卜的仪式
奉上我布满贴花的双手
那铭记中的永恒的花香
让成熟的果实始终生长于他们艰辛的荒漠

我切开记忆　数千年之久的记忆之核
泛起昏黄的颜色
倘若我依然记得所有的事物
时间的眼睛紧紧地盯着我
我不会走远　奥西里斯不会走远
古埃及的诸神不会走远

让我紧握时光留下的余晖
让那被遗忘了的法心重新附体于你
暂时忘掉那比天空还宽阔的幸福
让所有亲近你的人和敌视你的人
在这里庄严地宣誓吧：你是善良的　谦卑的
　　公正的

让那几片羽毛与你已经停止跳动的心脏

不分伯仲　不分彼此　不分黑白　不分轻重吧

让我们对未知的世界心怀忐忑　心存敬畏吧

看吧　那些种子在悄悄地发芽

生出你的生　生出你的死　生出你的庄稼和庄园

整个法老的时代是个众神飞奔的时代

生前死后把心交给萨麦尔

称心的天平是受制于你生前的贪婪与

残暴抑或善良与仁慈

尼罗河水就在身边日夜奔流它们有时比海庞大

比血液庞大　是平民的血还是贵族的血　抑或法

　老的血

平民的血生前渺小死后庞大

而贵族和法老的血生前庞大死后渺小

那幽暗洞穴里不停蠕动的巨蛇

像尼罗河盘满金黄色发髻的女儿
在与金黄色眼镜蛇的日夜缠绵中
找到它们的大海与高山
让尼罗河上的波涛说话
让有时激越有时恬静的波涛收回它们的涟漪和浪花
让那些肮脏的造假的咒文与卜语彻底地走开

走开吧　贵族　走开吧　法老
还有张着鳄鱼大口的狮身怪兽阿敏
年轻的法老王　一束早已干枯的花朵
一簇盘蜷着的狮身人面像
它何时奋起疾步行走　或者迤逦而行
漫越那布满荆棘缭绕着雾霭的河谷

生前的荣耀能否谱写一曲死后的颂词
为诗而生的人　心如若得不到你的颂扬
又会向哪里去寻求真理
如果我们寻觅诗的方向　认为诗即真理

那么　我们早已得到了众神的福音
为你在哪里寻觅一处神殿

在阿布辛贝　在卡纳克　在卢克索
哪座神殿能够承载天地间的雨露与仁爱
你生前是否至仁至善至义
你对奴隶们是否尽怀慈悲和怜悯之心
你生前免除过多少穷人的债务
哪怕是点点滴滴的能够救人一命的利息

亚尼啊　你的墓室过于宽大
过于宽大的墓室更易于坍塌
辛劳修葺的奴隶们
流汗　流泪　流血的奴隶们
埃及有多古老　他们的痛苦他们的忧伤
就有多古老
奥西里斯　请求你宽恕他内心的原罪吧

假如他内心过于贪婪的欲念

真的违反了神的意愿

那就请慈悲的万能之神遍洒你的慈悲

让那万能的神的慈悲

像尘埃一样无处不在

让人类与生俱来的隐恶在阿努比斯的

神灵的手指的拨弄下烟消云散吧

用大地的谷粒和河岸的巨石

砌成威严的神殿和高耸的廊柱

点燃起古老的神灯

替修筑金字塔和古老墓室的奴隶说话

替他们鞭痕累累血迹斑斑的伤口说话

放飞那只囚禁了三千年之久的大鸟

从尼罗河的源头　跟着迁徙的角马的

脚步　远离狮群　远离鳄鱼　远离盘旋的秃鹰

把亚尼的死者之书紧紧地贴在胸口

直抵神祇所在的无所不能的肺腑

他
山
石

走出阴森冷寂的墓室

有一种走进岩石的感觉

裸露的隐秘的衰老的岩石

这个垂暮已久死亡已久的王国

诸神该告诉你人们的善恶

我们该做什么或者不该做什么

你不该增加它　更不该减少它

那堕入地狱的造孽的恶魔终将遭受惩罚

那些公平善良的人为什么也会屡遭厄运

是神祇的引导出了差错

还是我们的口舌没有经过完整的把握

那宇宙间的星辰呵　我们未曾增加你

也未曾减少你　心脏所做出的决定

舌头早已将其公之于众

神祇是人生之船的风帆　她将我们引导向何方？

平凡的人终究一无所知

谁在沉落　谁在飞升　万事万物循环
往复
世界本是一片混沌　只重视今生的人
自然会毁弃自己的未来
而今生是极其短暂　来世才是永恒
美尼斯救不了你　拉美西斯也救不了你
一千个春天不够轮回　那就再生出三千个春天
让你最终得到诸神的赞美

神是那么纯洁那么公正　即使人身狗头的阿努比斯
也比我们要高尚百倍　这位"墓地之神"
负责把肉身制成木乃伊
并在阴间的审判庭上担当重任
在尼罗河边　在底比斯
再让我们看一看长着母牛的耳朵和牛角的哈托尔吧
这位掌管着来世的"天之女神"
她时而柔情绵绵　时而又目光威严

他
山
石

假如你魂不守舍　假如你心不在焉
那么谁能拯救你　谁能掩盖你生前的
贪婪与无知
你只有当作祭品扔给怪兽阿敏吧
我只能再一次地为你的心唱出幽怨的
哀歌

还有那么多大神　我怎敢在这里一一
列举
但我若不在这里呼唤
谁又会在天堂默默地倾听
沉落于地狱的人什么也听不到
那一层层的黑幕永远地阻隔了你与人世间的所有
　的联系
他们看不到日月　看不到星辰　看不到山岳河流
即使你曾经号为天使又有何用

今夜我的玫瑰丢失

那纷纷散落的花瓣皆变成夜空中闪闪发亮的星星
今夜我的灯光熄灭　但明天的太阳照样升起
空旷的天空照样布满云彩　泥土终将被耕种
种子终将发芽　女人终将一次次地分娩
婴儿终将哇哇啼哭着诞生

"谁名声远播　必长久陷于沉默
谁点燃雷电　必长久如云漂泊
假如有神　我怎能容忍我不是那神"
我记不起这是哪位哲人的原话
更不愿曲解他的原意

在这样一个生长巨石的地方
在这样一个生长金字塔的国度
我要询问有多少道路汇集到你的脚下
有多少月亮之神的光明洒落于你的头顶
仿佛暴雨　仿佛无处不在的风　仿佛秋天的落满
　　河谷的树叶

古老的孟斐斯　古老的底比斯
沉默不语的尼罗河的女儿

请将为你修筑墓室的奴隶还给我
请将那剩余的面包和骨头还给我
你的梦和荣华被压在层层的巨石之下
你的灵魂落在法老重大庆典的祭坛上
如那一盘盘摆放着的祭品
我看到了那道路两旁的树和树下一簇簇枯草般
　　萎靡的植物
天空昏暗　远远地眺望
一对圣甲虫正沿着尼罗河岸落日的边缘
向着尼罗河的深处缓缓爬去

2017 年 4 月 10 日—18 日

图书在版编目（CIP）数据

他山石／刘剑著. -- 北京：作家出版社，2017.9

ISBN　978 - 7 - 5063 - 9721 - 6

Ⅰ.①他…　Ⅱ.①刘…　Ⅲ.①诗集 – 中国 – 当代

Ⅳ.①I227

中国版本图书馆 CIP 数据核字（2017）第 233474 号

他山石

作　　者：刘　剑

责任编辑：田小爽

装帧设计：回归线视觉传达

出版发行：作家出版社

社　　址：北京农展馆南里 10 号　　　邮　　编：100125

电话传真：86 – 10 – 65930756（出版发行部）

　　　　　86 – 10 – 65004079（总编室）

　　　　　86 – 10 – 65015116（邮购部）

E – mail: zuojia@zuojia. net. cn

http: // www. haozuojia. com（作家在线）

印　　刷：三河市华业印务有限公司

成品尺寸：152 × 230

字　　数：32 千

印　　张：10.75

版　　次：2017 年 11 月第 1 版

印　　次：2017 年 11 月第 1 次印刷

ISBN　978 – 7 – 5063 – 9721 – 6

定　　价：35.00 元